分類通行廣州話

附百家姓同音字表

番禺譚季強編

分類通行廣州話目錄

（一）普通問答

（二）天文類

（三）地理類

（四）身體類

（五）人事類

（六）飲食類

（七）衣服器具類

（八）動植物類

（九）雜名詞類

笑話故事

廣州背語畧例

百家姓閩音字表

分類通行廣州話

番禺譚季強編

(一)普通問答

你、我、佢、你哋、佢哋、我哋・有、冇、嚟、去、係、唔係・乜野・呢的野・個的野・呢處・嗰處・邊處・喺處・唔喺處・呢個・嗰個・邊個・要・唔要・爱・唔爱・稱呼・貴姓・台甫・尊駕・鄙人・寶眷・住家・同鄉・先生貴(尊)姓名、好話、小弟譚季强、未請教、小弟王壽齋、貴(盛)邑邊處呢、敝邑番禺、府上喺邊處呢、舍下喺阜安街、門牌十八號、寶號係乜野呢、小店鴻盛、做疋頭生意、恭喜喺邊處呀、(喺邊處發財呀)、從前喺上海、入郵政局辦事、現時閒住、貴庚幾大呀、今年二十四(廿四)歲咯、喺邊間學校用功呢、喺私立廣州旅汕學校、貴校係中學嚊(還是)大學呢、係初級師範、有幾多科學呢、有黨義、國文、算術、歷史、地理、自然、常識、教育、法制、經濟、英文、音樂、體操、圖畫、總共十五科、幾耐畢業呢、要五年至畢業呀、貴校都幾好名譽噃、有幾多同學呀、教員廿幾人、學生五百零人喇、讀書、進步、退步、成績、學費、章程、程度、規矩、研究、溫習、考試、運動會、勤力、懶惰、告假、放假、開學、上課、落堂、社會、展覽會、追悼會・派存單、幼稚園、喂、二千零九十七號、(二〇九七)喂、你邊處呀、我係沙面太古洋行、你係先施公司呀嗎、係嘞、搵邊個呀、有乜事呢●何子嘉先生係處唔呀、唔係處呀、啱啱就至出曉去、有事可以話落唔丫。你貴姓名丫　我係李雪朋、因為你哋貴公司、先排定落嘅、個帮車輪嘜嘅呢、而家到曉咯，由綏陽船裝嚟嘅●我先通知你哋一聲●等下叫伙記。送張提單嚟。你哋就卽刻派人●落船起貨喇。好。費心。係噉話喇・請請。

自動電話。(德律風)搭線。司機。打電報。無線電。明碼。密碼。譯費●播音臺。一下唔覺意。踊親你。(碰着你)打撚(整汚糟)你對襪。眞唔過得意嘞。(眞唔好意思嘞)唔好怪吓。唔緊要嘅。唔使噉講。

認錯。賠不是。講好話。恭維。講謙話。講笑。講大話。(車大砲)講古仔。粗口。(爛口)鬧人。嗌交。打交。勸交。帮手。調停。責罰。獎勵。誤會。講和。衝突。調查。懲戒。

某人(乜人)要出門嘅時候。嚟我處辭行。我買曉的土產送佢。等佢做手

信・即晚去酒樓・請嘵餐餞行酒・找幾個朋友倍佢・大家圍埋傾偈・傾到唔捨得扯・個晚佢重飲得好醉呀・

送行。順風。再會。歡迎。問候、聯絡。組織。提議。贊成。反對。討論。商量。辯駁。議案。解決・否決・比較・改良・手續・維持・供給・取締・秩序・

我想去省城行下。你話點樣去法呢。要去省城。就先要到香港。比如禮拜四度到香港。但呢處冇碼頭泊。要到香港至有碼頭泊。落船個陣、要叫艇仔開。係呢處起程。(動身)大約下午兩三點鐘落船。四五點鐘開身。第朝十點鐘去至得㗎。坐船個陣。會辛苦會㗎。吓。搭船出入。就唔似自己屋企噃。船上都係好屈枳㗎咋。如果有風浪。都冇乜點。不過出口個陣。有的暗湧・唔坐慣船嘅人。都會抵(頂)唔住。過得點零鐘耐。出嘵口就冇事嘞。如果遇着天色唔好。大風大浪。就利害得多。會暈浪都唔定噃。成日瞓喺處。唔食得。夾頭刺作嘔。(悶)唔多願郁咁嗒。到嘵香港就點呢。上岸就先埋棧。洗過身・食過飯。就出去探朋友行街。行到八九點鐘。番嚟執鋪蓋行李。搭夜船上省・第朝六點鐘埋頭・坐省港船・就舒服(安樂)得多・開身之後・瞓醒一覺・差唔多就到埗咯。如果唔中意坐船・搭火車又得・廣九快車・一日開兩晌。(仗)都係四點鐘就到咯。不過行李多嘵。上落就稍爲艱難的。
實係由汕頭到省城。至多都係個幾對之嗎。
游歷、護照、直頭船、船票、水脚、(盤纏)餐房、大艙、來回票、消遣、頑耍、
先生。好話。點呢。我有的事。想同你商量下。因爲有多少雜貨。喺香
港嚟。係烟仔十零件。番梘廿零箱、車糖卅零包。竹蓆四十零張。烟袋八
十枝度。想去報關打餉。我又唔多在(熟)行。故此嚟請教吓。哦。噉都易嘅
唄。你就將各樣野。開好一張單。寫明每樣幾多件。每件值幾多銀。夾埋值
幾多。一面叫人。入去海關報稅。一自揸住儎紙。落船起貨。起嘵上嚟。先搬
入驗貨廠。等佢的人。查驗過估價。計過要納幾多稅。你就俾銀起貨係喇。
但係如果未曾納稅。就要有舖頭。給圖章担保。佢至肯俾你起貨喋、
報稅館．駁艇、躉船、上(落)貨．辦貨、稅則、罰欵、充公、執私、拍賣(喊冷)
喂、達教好耐嘑吓、呢幾年喺邊處發財呀、好得意吖．發福(清減)左好多噃
、都係平常唄、聽得夠食係喇、前年過南洋、做的小生意、舊年至番嚟、而家
冇得撈咯、府上各位都平安吖嗎、幾好、你有心我出門之後、寄嘵兩三封信
俾你、有收到(接到)冇呀、凈係接得一封至噃、呢兩封怕寄失左咯、我近來

記性好曳。唔記得你嘅住址。所以總冇回信。你現在幾多位令郎嘑。有兩個仔一個女咯。

寄信，送信，雙(單)掛號信，信封，信箋，信玉，郵票，(士担)滙票，(單)滙兌，保險信，明信片，郵政儲金。

早晨。事頭。我想買幾尺紡綢，樗幾樣嚟揀下吖。你想要點色嘅呢。隨便喇。磚灰又好。古銅色又好。藍色又好喇。總要老實嘅至好。唔要太戚嘅。呢隻幾濶封呢。點賣呀。(點價錢呀)呢隻尺七封。個一銀錢尺喇。太貴啩。呢停野抵咁貴咩。唔算貴嘑。我哋都成文成本嘑、啲你還幾多呀。九毫半子尺喇。九毫半子賣唔得出。添的喇。啲就俾够一個銀錢喇。你要幾多呀。丈二度喇。剪夠嚟噃。睇過銀呀。請請。好生意喇，盛惠嘞，(多謝嘞)好行喇，(慢慢行喇)路滑噃，好聲行呀。

開價，講價，還價，起價，減價，跌價，贈品，不二價，帮襯，買賣，好銀，銅銀，擇使，土鑄，啞板，銀紙，碎銀，大洋，(成元)，銅仙，找錢，續錢，數錢，現錢，賒數，

「散話」請坐喇，唔得閒坐咯，　唔該你咯，應該嘅，費心嘑，唔使啲

講，你去唔去自呀・一齊行哩・你行先步喇・我等下就嚟嘞・　你有買倒冇呀・買唔倒呀・賣嗮囉喎・冇得賣囉喎・　唔好客氣嚁・(唔使拘嚁)今日毫子點行情呀・而家唔知自・等下開左盆就知嘞・　你如果出街・多煩你・順便同我・買的野番嚟・做得唔呢・要幾多錢・請你墊住先喇・　請你借歪的、唔該你行埋(開)的、　呢副刀叉・買得真抵喇、第個都買唔番呀・　上去上便・(高)擺番對靴落嚟喇・唔喺上便呀、喺下低(底下)咋、　佢喺邊處呀、佢喺裏頭、至督底個間房、近住開(埋)便、(中間)個舖床處・　你曉講省城話唔呀・我會講國語・未學過廣州話・

(二)天文類 附時令

今日真好天時嘑吓。尋日上半日就好天。到挨晚就天陰起嚟。齊黑個陣。重番風落雨添。係囉。一連落曉幾日雨。總唔出得街。的地方稔稔濕濕。真係掉忌(討厭)嘞。尋日好曉半日天。重係隨街水氹。滿地泥漨。的低的嘅街。遇着坑渠塞。(唔通)重浸到幾寸高。要浭水至過得。周圍都係嘅。着住對皮鞋。俾佢濕過底。罷得對脚好難抵。長衫脚都唧汚糟(辣撻)

晒。洗嘵的衣服。兩日都唔乾。出完一身汗。幾乎冇衫換呀。

呢幾排。西便出嘵一粒星。好似係掃把星。(彗星)好大粒夾好光嘅。晚晚臨黑就出嚟嘞。你唔信今晚食完飯。走上瓦背睇下吖。

民國十一年六月初十晚。卽係新曆八月二號。汕頭打風舊。由八點鐘起攪到第日晏晝至歇。成晚的風胡胡聲。雨又大。潮水又漲。浸到六七尺深。間間屋都差唔多要冧噉。門口都唔出得。的人就喺屋裏頭。吹銀鷄。叫救命。但係個時。各人顧各人。都顧唔掂。點重救得人呀。可惜個晚。淨係閃電。冇雷行。如果行幾個大雷。呢塲風就打唔成個咯。第日出街行下。見滿地瓦渣。電杆大樹。吹跌好多。自來水喉。又好多爆裂晒。處處到唔行得、通潮州計起嚟、都死嘵幾萬人嗎、的善堂執屍、搵棺材都搵唔徹、去各處賑濟嘅、都要幾個月至清楚呀、眞算慘咯、

今日的熱頭眞猛，頭先出一陣街，就晒到一身汗，重落的白撞雨，雖然係過雲雨嚟啫，但係不知幾大陣熱腥隨，淋得一身濕晒，差的就感暑嘞，本來因爲有的事幹，要趕緊番嚟嘅，時候又夠咯，就坐車喇，點知個車夫，又拉得天咁慢，我個陣心急到極，天咁火起。(惱)

分類通行廣州話

夜晚落個的露水，到天冷就變做霜，再冷就變成雪，的雪結(凝)埋，就成爲冰，但係我哋廣東，天氣咁暖，永世都唔見一回雪、講到的霧呢，其實就係雲嚟嘅，的雲離地下冇幾高個時，卽係霧嚟咯，落霧個陣，對面都唔見野，就係日頭，都睇唔見嘅，的行船嘅人、至掉忌嚟嘞，因爲的船撞板，都係因霧嘅多呀。

落完雨冇幾耐，遠遠望見天邊，有一個大圓圈，好多層嘅，一層黃色，一層紅色，一層青蓮色，好好睇嘅，個的就叫做天絳喇。

順風、逆風，乘涼，空氣，傾盆大雨，雨微，避雨，月光，蛾眉月，月蝕，日蝕，冷天，熱天，二八天。

陽曆一年，有三百六十五日，遇着閏年，二月多一日、十月十日係國慶紀念，叫做雙十節、陰曆月大三十日、月小廿九日、每隔三年、多一個閏月。省城嘅風俗習慣、一年分三個節、卽係五月節、八月節同埋冬節、至到過年節嘅時候、個的做生意嘅、開單派單收賬、就好忙(唔得閒)嘞、的住家嘅人，又要打算送年送節、拜年拜節。有的爭得人錢多嘅、一到年三十晚、就要搵地方躲埋、等到燒炮仗拜神、的收賬嘅扯嘥、至敢出嚟、到第朝天光、大家見倒面、又恭喜拜年咯、至快活就係的細佬哥、着起威衫、打算撈利市嘞，除左三個節之外、上元中元、都幾鬧熱嘅、清明重陽、就家家都預備拜山嘞

新曆、陽曆、舊曆、陰(夏)曆、今年、舊年、前年、大前年、先幾年、出年、後年大後年、過幾年、呢個月、前個月、旺月、淡月、四季、春、夏、秋、冬、過冬、尋日、尋日朝、尋晚、前日、大前日、聽日、後日、大後日、往日、日頭、今朝、(晚)聽朝、(晚)晏晝、挨晚、夜晚、(晚黑)半夜、朝頭早、天曚光、臨臨黑、正月、月初、初(二)十頭、月尾、初幾、十幾、廿幾、踰日、(隔日)生日、一頭半個月、星期、(禮拜)國恥紀念、天干、甲、乙、丙、丁、戊、己、庚、辛、壬、癸、地支、子、丑、寅、卯、辰、巳、午、未、申、酉、戌、亥・節令・立春、雨水、驚蟄、春分、清明、穀雨、立夏、小滿、芒種、夏至、小暑、大暑、立秋、處暑、白露、秋分、寒露、霜降、立冬、小雪、大雪、冬至、小寒、大寒・

「散話」呢排天時旱，風又大，馬路的沙(灰)(烟)塵翼多嘅・

今日日頭，成日都冇熱頭， 佢好怕黑嘅，半夜三更，重點敢出街吖・

乜咁晏至起身呀，七點一個骨之嗎，唔止咯，差(爭)個字就八點喇，

隔尋晚好夜至瞓呀， 今日火車，好遲(慢)至到， 趁今日好熱頭，晾

開的衣服嚟晒下喇，天氣漸漸熱嘑，要換季至得咯。

(三)地理類

中華民國有二十五省，卽係河北(直隸)河南(豫)山東(魯)山西(晉)陝西(陝)甘肅(甘)新疆(新)江蘇(蘇)安徽(皖)江西(贛)湖北(鄂)湖南(湘)四川(蜀)雲南(滇)貴州(黔)浙江(浙)福建(閩)廣東(粵)廣西(桂)遼甯(奉天)吉林(吉)黑龍江(黑)熱河(熱)察哈爾(察)綏遠(綏)

南京京城、喺江蘇省裏頭，重要蒙古青海西藏，呢幾笪地方，雖然唔算省份，但都係中國嘅屬地呀，連埋滿洲，十八省，叫做漢滿蒙回藏，就係五族共和咯。

廣東舊時分開九府，廣州，惠州，潮州，韶州，肇慶，高州，雷州，廉州，瓊州，潮州喺廣東省至東便，共福建交界，分開十縣，潮安，澄海，潮陽、揭陽，普甯，惠來，豐順，饒平，大埔，南澳。

汕頭係通商口岸，前清咸豐年間，共天津，上海，福州、厦門，一齊開埠、商務好大，一年出入貨都唔少，原本歸澄海縣管，而家就改爲市咯、所有由潮梅各屬、去安南暹羅星嘉坡(石叻)做生意嘅、都喺呢處出入呀。由汕頭通到潮安，(府城)有一條潮汕鐵路，喺汕頭起，經過庵埠，華美彩塘，鶴巢，浮洋，楓溪，到潮安，夾埋六個車站。有七十幾里。(七舖)(塘)幾路，行車一點四個字鐘，一日開六輪車，從前未有鐵路嘅時候，坐轎坐兜，要成日至到呀，重有一條汕樟輕便鐵路，經過澄海城，到樟林東隴，就唔係行火車嘅，俾個人喺後便，推(𡅏)的車行嘅唄，近來各處築成汽車路，交通越發便咯。

火車頭，頭等，車票，二等，行李車，枕木，鐵軌，出軌，山窿，浮橋，山墳，一穴山，一度橋，鑛山，開鑛。水路。旱路(陸路)海島。海坦。海陴，游水鄉里，我喺鄉下出嚟，想去榮隆街探兄弟，因爲唔知定，借問下重有幾遠呢，打邊便去近呢，你喺呢邊揸去，行到個十字路口，轉灣左手便，直過幾間舖位，轉過右便，再問聲人就知嘞，多煩你嘑。

世界各國，算英，美，法，日本，至强盛，我哋中國，就弱到極咯，自從鴉片戰失敗，時時俾人欺，卽如安南，台灣，高麗，香港，澳門，本來都係我哋嘅屬地嚟，而家就俾法國，日本，英國，葡萄牙，割左去咯，各處商埠，又有的叫做租界，話名係租啫，其實樣樣事幹，都唔准中國政府話事，叫做領事裁判權，有的租界，連中國人都唔俾入去頑耍，你話醜唔醜呢，由九一八事變到現在，日本佔住東四省，政府唔敢抵抗，人民又冇力抵抗，睇住四省地方，就雙手奉送過人咯，我哋中國人，如果打開個地圖睇下，就要發憤嘑。

民國七年，正月初三，汕頭試過地震一躺，冧曉好多屋，壓死好多人，個晚成晚到天光，震曉廿幾囘，嚇到的人走嗮出嚟，喺草陂地處瞓，有的搭棚嚟住，擺野都唔敢番入屋，後來久唔久都重有的震嘅，前幾年報紙賣，甘肅省又有好多笪地方震，死人共啜野都唔少嘅話，個年九月一號，日本東京，橫濱大地震，死幾十萬人，都話向來未試過嘅嗝。

我哋中國嘅地方，的街道又窄、舖戶又密、間間[illegible]都有簷篷嘅，一到冬天，天時乾燥，就好容易火燭，個年鎭邦街火燭，我半夜瞓着覺，聽見的銀鷄，吹得好響、一扎就扎醒、喺天窗望上去，見滿天都紅徙，的水車林林聲、的消防隊亂跑、就以爲火燭嘞，卽刻摟番衫，走出去問下的巡警，至知都係鎭邦街、噉就出去睇下、個條街就非常逼、的舖頭伙記、慌慌張張

・忙忙狠狠、隨街搬野、個陣北風又大、一路燒到天光後至熄、鎮邦街燒左一概，連阜安街棉安街、都燒曉好多，好彩重冇燒死人咋・後來的舖頭，都要幾個月，至起得番呀・但係保險（燕梳）公司、就蝕錢（損失）唔少嘞，潮州土產，都唔少嚅、嗱、好似楓溪嘅瓷器缸瓦、湯坑夏布，南澳石榴，棉湖柑橙、東湖西瓜、達濠海味、最好魷魚、墨魚、潮陽蜜餞糖果、各屬呢芥菜糯醬、近來新出嘅澄海布、重有樣老婆餅、都係好出名、（起名）喫喇・

「散話」天熱時候，食完晚飯，好多人嚟海陣乘凉・　杭州西湖，至好風景、（景緻）通世界至聞名嘅咯、你去過唔曾（未）呢、我現在住緊間屋嘅，嫌佢太矮，天熱好焗嘅，想搬過第間咯・　我先排搭船、經過香港，但冇上到岸，海水鹹過河水，河水又濁過海水呀・　個隻船食水深過頭，（太過深）而且好重載、故此唔入得口・　我想過海去角石行下、但係冇伴，一個人去又冇味嘅，十分爲一畝，一畝田又分做六十井，一百畝爲一頃・　山坑嘅水，流出嚟成涌，由涌流出去就成爲河，（江）江河嘅水，就流入洋海咯・　個條路好斜嘅，唔上得一半，就氣都喘咯・

（四）身體類　附疾病醫藥

頭、頭殼頂・腦、腦髓、腦漿、頭髮、額頭、額角、魂精、後枕・眉心、眼、眼眉、眼睛、瞳人、眼烏珠、眼白、眼肚、眼挹毛、眼淚、未埋眼、擘大雙眼、(睜大雙眼)、眨眼、盲眼、單眼、發青光、倒眼、鬥雞眼、老花眼、近視眼、崩雞、眼瞓、瞌眼瞓、瞓唔着・轉便・發夢、發開口夢・鼻鼾、好稔瞓、(爛瞓)瞓醒覺・耳、耳朵、耳珠、耳雞、耳簧、穿耳、耳聾、撩耳・鼻、鼻哥、鼻梁、鼻節、鼻尖、鼻子、鼻哥窿、鼻毛、鼻涕、牲鼻涕、盟鼻、鼻烟・面珠、酒凹、面油、俾面、冇面、兩顴、顴骨、腮、人中、口、嘴、歪嘴、口水、口水痰・吐口水・面口、崩口、戒口、口唇、上唇、下唇、口岈角・鬚、鬍鬚、鬍鬑鬚・牙、上牙、下牙、門牙、大牙、牙較、牙鉾、脷、脷尖、脷心、脷胎、脷底、上顎、吊鐘、喉嚨、喉欖、聲喉折・下爬、頸、硬頸、好頸、唔好頸、頸渴、(口渴)(喉乾)・吊頸・頂頸・

我前幾日・朝頭早起身・洗完面・哏完口・就覺得頭暈眼花。發燒鼻塞・打幾個乞嗤。又有幾聲咳。週身軟癐・唔知爲乜來由。想嘵一陣至想起。先晚瞓覺。唔記得冚野・故此冷觀傷風・哪埋呢幾排。食埋的熱氣野。同煎炒肥膩野。唔多消化。就有的發熱氣咯。前個禮拜。去福音醫院。睇一個朋友嘅病。一入門見着渠。眞係嚇一大驚・

佢舊時原本係一個肥佬嚟嘅。唔見咀佢十零日。就落晒形。瘦到剩番一把骨。眼深深。面黃黃。鉗左眉心。兩邊魂精都貼曉太陽膏。大肉都收晒。挨喺張床處。冚住張被。聲都唔顯出。叫佢擘開口。睇吓佢條脷。見的脷胎好厚。又黃又黑。醫生話佢係腦病。我就問佢。你而家見點吖。好的唔吖。想食的乜野丫。佢話呢兩日都係咁上下吖。呢間醫院。都算唔話得咯。日日有兩個看護婦。輪流嚟服侍。樣樣都好週到。你有心咯。我見佢唔精神。安慰佢幾句。坐陣就扯咯。呢幾日聽見話鬆的囉喎。

頭刺(頭痛)鳩低頭。僄(扭)高頭。叩頭。鞠躬。番轉頭。擰轉頭。剪髮。剃頭。剃鬚。長鬚。(留鬚)梳辮。梳髻。攢穿頭。(跌崩頭) 擦牙。刮脷。瘙。瘙屎。肉痛。爆折。打喊路。伸懶。伸下。抖下。

無論老花眼。近視眼。都要戴眼鏡。唔係就唔多見野。有時碰着人。都唔曉招呼㗎。老花眼鏡。的玻璃係凸嘅。近視眼鏡就凹嘅。平光係平嘅。

耳聾嘅人。真唔方便嘞。同佢講野。好似嗌交噉。擘破喉嚨。至聽得見。的啞佬重越發論盡。指手畫脚。如果唔係時時見面嘅。就梗唔明白佢嘅意思。不難就估佢係癲嘅。

髆頭。髆頭尖。背脊。背脢。腰骨。尾龍骨。胸前。心口。胃脘。胃口。打思憶●肚。大肚。(有喜)(受胖)接生。小產。肚餓。肚飽。肚臍。斷臍。小肚。膈肋底。小掩。肝。脾。脾氣。心機。小心。粗心。肺。腎。腎虧。膽。好膽。細膽。腸。大腸。五臟。六腑。手臂●作揖●(打拱)老鼠仔●手坳●手踭●脈門●睇脈●(把脈)手眼●手掌●(手板)手背●手指●手指節●手指公●二指●中指●手指尾●手指罅。孖指●手甲●四肢●五官●駝背●雞背●臭狐●打赤肋●肼●(奶)冇腰骨●打冷震●打飽喲●拍掌●出力●(落力)勢力●

佢係至唔好脾氣嘅，好唔噤講笑嘅，又好怕嚱嘅冇囘，遇着個唔生性嘅，眂佢寫緊(開)字、伸隻手節下佢個小掩，同膈肋底，又物下佢隻大髀，嚇到佢成個跳起嚟，佢呢個重死唔通氣，講的野激下佢添，撩到佢抵唔住，佢個陣惱到極，當堂就反面，(決裂)鬧到唔落得嚟，到而家講起，重冇的掉忌呀，呢的叫做講笑講成眞，眞係無謂咯●

大髀、髀罅、下陰(下身)屎窟、(囉柚)膝頭哥、跪低、脚坳、脚瓜囊(脚囊肚)脚板、打赤脚、纏脚、放脚、脚枕、脚趾、鴨屎蹄、豆皮、巢皮、汗毛、毛管眼、、筋、骨、骨髓、血、瘀血、肉、膿、氣、小氣、長氣、抖氣(呼吸)抖大氣、呻氣，氣魄、氣死、斷氣、刮痧、屙尿，(小便)肛門。屙屎，(出恭)(大便)結恭、肚屙、屙痢、生瘡、生痔瘡．暗瘡、火疔瘡．癩、癬、鹹粒、熱痱、切損、焫親。

有的人皮肉唔多好嘅，就會常時生野，個的叫做皮膚病，有時生癬，有時生瘡，有時生乾癩，有時生濕癩　俾的毒蚊咬親下，又生無名腫毒，重有的坐板癩，更加肉酸，生喺屎窿嚟，一餅餅噉．坐都唔坐得，成日要蹘處，唔係就企處，的膏葯葯散，黐得一褲都係，個的膿血，行埋嚟就一陣腥渴隨嘅，抅它又痛，唔抅它又痕，眞淹尖嘞，等到結掩，就差唔多好嘞，甩左掩，都有笪疤嘅，呢的病重會惹人添呀。

跛手，跛腳，發風，大痲風，神經病．發狂，發花癲，講亂話、廢嘅，戇嘅，傻嘅，呆佬，痺仔，腳痺，風癱，蠱脹，生背癰．花柳，中風，中痰，感冒，傷寒，身漀，發冷，(瘧疾)痲痘，(天花)種痘，癍疹，瘟疫，鼠疫，肺癆，(內傷)嘔血、吐血、燥熱、寒涼、濕毒、腳氣、心氣痛，傳染病、氣喘、風濕、骨痛、大熱症，跌打，刀傷，火傷，生癪、疳積、驚風，發羊吊、生痄腮、頸癧、食滯、消滯、內科、外科、婦科、兒科、產科、鍼灸。

霍亂症又叫做攪腸痧，發作起嚟，又屙又嘔，肚痛到典床典沛，有時重會抽筋，如果唔卽刻醫，或係醫唔得法，好快趣就攞命㗎嘑，呢的係一種利害嘅時症嚟。乾霍亂就痾唔出嘔唔出嘅。

葯材、中(西)葯、人參、鹿茸、羚羊、犀角、玉桂、熊胆、麝香、金鷄納霜、瀉鹽，嗎啡、鴉片、膏、丹、丸、散、鎗水、硫磺、葯方、開方、執葯、生草葯、一劑葯，一貼膏藥，一樽藥水，一粒蠟丸．注射藥，發散藥，補藥．涼茶。

「散話」一隻手揸住(㨆住)個包袱，一隻手挽住個籃，膊頭又托一個箱，眞好力嘞。　一個女人走火燭，膈肋底挾住個皮喼，背脊揹住個細蚊仔，又拖住一個，走嚟走去。　抓高的張檯，執起枝筆喇。　佢執倒一張銀紙，笑到有牙冇眼，好似炆熟狗頭一樣。　佢揸埋拳頭，打我一拳。　佢執嚧石嚟掟我，一下唔子細，錯手打爛(裂)(崩)你隻茶杯，請你原諒下，聽日照樣賠番隻俾你。　差錯脚踢着舊石，跌落坑渠。　順手遞張紙俾我。　呢担野不過担幾重，佢都唔担得起，要兩個人抬，啯担重重喇。　佢唔抵得痛，唔敢脫隻牙。　鼠疫係有核嘅，出喺膈肋底或髀罅都冇定，細蚊仔中意吮手指，你想止痛，就打一針麻醉喇。

(五)人事類

父親，老竇，伯爺，亞爹，亞爸，家父，尊大人，(令尊)先父．母親，老母，亞媽，家母，令壽堂，先母庶母．父母，祖先，祖先忌，拜忌．兄，亞哥，大佬，令兄 家兄，亞嫂．弟，細佬，令弟，舍弟，弟婦，昆季，兩兄弟．叔，家叔，亞叔，世叔，亞嬸，伯，伯娘．同胞兄弟，堂兄弟．祖，亞爺，亞公．祖母，亞嫲．姪，姪婦，姪女．大伯，大嬸，嬸姆．仔，小兒．令郎，心抱．女，令愛．嫡出，庶出．家婆，家公，大婆．亞奶，(妾侍)．承繼仔，孫，孫心抱．亞姊，亞妹，姑姐，姑媽，亞姑．老婆，女人，尊夫人，填房．結婚，離婚，番頭婆，守寡，寡姆婆．老公，丈夫，兩公婆(夫妻)(夫婦)兩仔乸．兩仔爺，神仙，菩薩，菩薩誕．佛，聖人，賢人，英雄，妖精，鬼怪，神主牌．

連住幾日，應酬幾處凶事(喪事)喜事，有處係一個朋友丁母憂，前個禮拜送訃文，(訃音)嚟，先就送香儀祭帳輓聯去，尋日開吊，一早去行禮，俾佢攞住做埋知客，幫忙左半日，攪到挨晚至得甩身．一處係有個親戚娶心抱，前幾日過禮，前日正日，又要送賀儀喜帳，紅燭炮仗，個日朝早，先去道喜，夜晚去飲梅酌，人客又多，等到好夜至埋席，重要猜枚飲酒，攪到點幾鐘至散席，又去睇新人，個間屋地方又窄，人又逼，眞辛苦嘞，重有一管嫁女嘅，就唔得閒去嘞。

應酬、送禮、做人情、入殮、送殮、出殯、送殯、落葬、送葬、送終、送客、開會、演說、招待員、打賞、交際、拜壽、介紹、舉薦、求差事、攤債、還債、欠債。

我識得一個朋友、佢個仔就眞下流(賤格)嘞，本來係好聰明嘅人、唔算蠢㗎，點知到十零歲，就羣埋的爛仔、學得週身嗜好、嫖舍、賭番攤、飲花酒，吹鴉片、樣樣都精、重惹左的花柳過老婆，呢的叫好嘅唔挈、佢老母又天咁疼佢、不特唔肯管佢、有時重替佢瞞住個老竇，氣到個老竇吹鬚碌眼，埋怨佢老婆。好容縱個仔、點知佢近來居然走出去、偸、詭、拐、騙、搶、劫、賒、借、無所不至、的警察日日去佢屋企離啦，佢自己知到唔得了、走去躱埋、幾乎拖累佢老竇坐監添、我喺佢隔籬住、時時聽見、都替佢好担心呀。

親戚，親家，外父，外母，外家，男家，女婿，外公，外婆，舅父，妗母，外甥，老表，亞姨，姨媽，姑表，姨表，姑丈，姨丈，連襟，姊夫，妹夫、亞舅，舅爺，郎舅，舅嫂，內姪，令親，(貴親)舍親(敝親)朋友，老友，書友，世交，世兄，結拜兄弟，換帖姊妹，契爺，契媽，契仔，（女）同宗，（老宗）（本家）貴本家，盛族，招贅，師奶。

我有個先生，眞係好人事，（好相與）喇，出嚟處世待人，當自己兄弟子姪一樣，總冇得罪人嘞，未曾講過人一句閒話，未曾搬過一躺是非，永冇刻薄下人嘅，又冇話欺貧重富，遇着濶佬就巴結，（托大脚），窮佬就睇小，（睇唔起）嘅，喺屋企裏頭，極之孝順父母 兄弟好和氣，唔曾聽見過佢的嬸姆，嗌交（鬧交）頂頸，個的細佬哥，都冇打交颯氣嘅，佢嘅家當，雖然可以過得去，但都唔算幾有錢唄．佢自己平常好慳儉，但係遇着公益事，叫佢損錢，佢冇話唔應承，重好落力，介紹去第處損添，佢喺我斜對面住嘅，故此我知得咁的確吖．

門房、號房、主人、東家、事頭、股東、太子爺、在事、掌櫃、行街、買辦、打雜、侍仔、伙頭、厨房、後生．住年、住年妹、婆媽、奶媽、妹仔、打工、打工夫、上工、辭工、人工、薪水、老舉、私娼、龜公（婆）鹹水妹、琵琶仔、乞兒、乞兒頭、艇家、蛋家、軍官、師長、旅長、團長、營長、參謀、副官、衛隊、憲兵、軍隊、打勝仗、打敗仗、投降、巡警、（警察）區長、游擊隊、稽查、偵探、土匪、賊、追賊、捉賊、小手、拐子、老千(光棍)、風水、睇脉、睇相、算命、占卦．致書「(先生)」、坭水、木匠、裁縫、剃頭．「(師傅)」徒弟、(學師仔)郵差、媒人婆．師姑、和尚、道士，仵作、挑夫、(咕哩)轎夫、車伕、馬伕、企堂、走堂．

有停迷信嘅女人，樣樣都非常悭儉．但係提起拜神食齋唸經，就捨得任荷包嘞，一年淨係元寶蠟燭香，金銀衣紙溪錢、都唔少錢、個的和尚道士，三姑六婆，就詭得佢嘅錢倒嘞，我見一個女人，打工搵食，揩埋幾百銀，大概都係打斧頭得嚟喇，點知俾個師姑笠倒佢，逐的逐的[illegible]佢出嚟卒之撻晒佢嘅．喺處喊得好凄凉、但呢的都係佢自好嘅、都唔抵可憐個咯●

前清宣統末年。革命黨喺武昌起義。唔够三幾個月。各省光復。臨時政府。喺南京成立。各省代表。舉孫中山先生做總統。冇耐南北統一。就讓俾袁世凱做總統。點知佢又想過皇帝癮。就攪到全國大亂。各處出兵打仗。人民冇日安樂。時時要捐軍餉。有屋嘅、俾的軍隊佔(覇)嚟住。的兵哥食飽得閒、隨處去唎啦。動不動恃勢欺人。強横覇道。的軍隊出發晒。又到的賊公作惡嘞●遇着戒嚴嘅時候。聽見的謠言。又慌到要搬去第處躲避。唉。攪左成廿年呀

總統，各部總長，次長，縣長，法官，律師，委員，主席，入㝠，告官

，打官司，原告，被告，定罪，死刑，徒刑，監禁，監犯，秘書，廳長，科長，科員，公使，領事，外國人，西人，會長，會員，校長，教員，學生，畢業生，博士，翻譯，傳話，寫字，紳士，（鄉紳），（紳衿），報館主筆，編輯，訪員，父老，新耶哥，新人，死屍，中人，執媽，冰手，屋主，（客）舖主，（客）伯，公，伯爺婆，婆嬤，男仔，女仔，細佬哥，（細蚊仔）後生仔，蘇蝦仔，大人，戲子，雜差，斯文人，粗人，生意家，手作仔，撈家．

「教話」你請到佢嚟未呀，我舉薦個妥當嘅你使吖． 你有信教冇呢，有呀，我信基督（耶穌）教，入邊個教會呢，浸信會（長老會）． 兩兄弟爭身家（遺產），爭到打官司． 滿街番攤館，重多過米舖，的人碰埋就講賭嘢，論輸贏，真害（累）死人呀． 佢個親戚，虧空東家幾百銀，冇面見人嘅，就走左路咯． 先排有班人，嚟同佢打抽豐，呢排又俾敲竹杠，攪到佢唔知點算好． 你奮唔趁早學野，將來恨錯就遲嘑，呢處的鼠摩好利害，一到夜晚人靜，就鬼鬼鼠鼠，隨處賍野． 呢個野，真牛精，（野蠻）一句唔啱，就粗口爛舌，扮手扮脚，撩交打嘅．

(六)飲食類

飯，煲飯，黄飯，白飯，糯米飯，炒飯，食飯，(吃飯)飯殼，便飯，早飯，晚飯，冷飯，煲濃飯，飯湯，飯焦，飯黏，漿糊，開飯，裝飯，添飯，食晏，伙食，餸菜，送飯。

廣州人一日食兩餐飯，另外朝早食粥，晏晝食點心，晚黑一餐消夜，潮州人就食三餐嘅多，就係的粥共飯，都有的唔同，潮州人食的粥好杰嘅，冇廣府人的粥咁稀，的飯係泌過飯湯嘅。

茶，飲茶，煲茶，冲茶，煲滾水冲茶，茶葉，茶葉瓶，斟茶，濃茶，紅茶，青茶。

酒，飲酒，斟酒，敬酒，陪酒，請酒，(請飲)好酒量，量淺，飲醉酒，梅酌，喜酒，壽酒，花酒，春酒，開張酒，滿月酒(薑酌)。洋酒，白蘭地酒，高粱酒，紹酒，露酒，釀酒，甑酒，浸酒，酒餅，酒糟，揼火酒，

食烟，烟仔，條絲，熟烟，呂宋烟，一品烟，烟嘴，捲烟，烟灰，烟頭。

請帖，知單，請客，催請，主人，東家，做東，代東，開席，定席，埋席，上菜(起菜)圍碟，海鮮，甜菜，壓席菜，起晏，散席，起筷，起菜，隨量飲，飲深的，飲乾(飲勝)，芥醬「芥辣(末)」。豉油，(

抽油)(白油)點白油　麵豉，豆豉、芝麻醬、辣椒醬、醬料、紅油、胡椒末，(古月粉)生油、猪油(膏)、豆油、蔴油．浙醋、白醋、豆粉、粉絲、腐乳、南乳，糟乳、豆腐、豆腐花、豆乾、豆漿．

飲食上一定要講究下。至合衛生㗎。卽如的水。唔多乾凈嘅。或係未曾滾過嘅。都唔好隨便亂飲。至穩陣就飲攤凍嘅滾水喇。但凡唔新鮮嘅野。或係隔夜野。如果聞見有的宿㗎。烟臭㗎。發毛㗎。霉㗎。生虫㗎。就咪食嘞。飲濃茶食烟。雖然可以提神。多過頭都會壞腦。夜晚瞓唔着。飲酒飲到醉。重會亂性添。有時鬧出事㗎。得罪人都唔知。呢的冇益野。都係戒咗好咯。

荷蘭水，(汽水)，咖啡，牛奶，雪糕，麥芽糖，蜜餞糖菓，蜜糖，白糖，黃糖，杏仁茶，蓮子羹，甜飽，鹹飽、飽餡，水餃，鷄蛋糕，炒麵，湯麵，伊麵、雲吞、薄餅、湯圓、煎堆、粽、裹蒸、油炸鬼、蒸糕、餅乾、麵飽。

各樣野有各樣嘅味道，至酸係醋，至甜係糖，至苦係葯材，至辣係辨椒，至鹹係鹽，至甘係甘草．的生菓未熟係澀嘅，如果要話，邊樣味至好，邊樣至曳呢，就好惡講嘞，因爲有的人中意呢樣，又有的中意個樣，有的人好食鹹，有的又食得淡，歡喜食魚嘅，賞佢鮮甜，憎食佢嘅，又嫌佢腥，羊肉個啲臊隨，都有人中意唔中意，故此話冇定嘅呢。

海味，海參，海帶，魚翅，燕窩，江瑤柱，鮑魚，鰌魚，墨魚，蝦米，大地魚，鰵肚，花膠，臘味，臘腸，臘肉，臘鴨腎，金銀潤，火腿，鹵味，燒肉，叉燒，燒乳猪。

「散話」食飯未呀。食過咯。　用朝(晚)未呀。唔該先咯。(偏過咯)　佢今晚有人請飲。去左赴席咯。點個火嚟透火喇。條紙條好濕。點唔着呀。　煑完飯就收火噱。　呷一啖茶。扒一啖飯。揮一羹湯。夾一著菜。啜一啖烟。食野要嚼爛至好吞呀。　乜咁盛設呀。無謂破費吖。眞多謝咯。笑話。唔成敬意嘅。的牛肉煑得耐過頭。又韌又劫。　幾個人夾錢食野。叫做田鷄東。喺處食餐便飯嗹。無謂打攪你咯。呢個野至爲食。人哋吃完。佢重舐碟。

（七）衣服器具類 附建築物

絲綢・綢緞・人造綢、紡綢、生綢、熟綢、紅綢、(荔枝核綢) 暹羅綢、山東綢、(卜綢) 綢仔、局緞、呂緞、洋緞、(泰西緞) 縐紗、(湖縐) 羽紗、熟紗、生絲紗、香雲紗、點梅紗、竹紗、棉紗、　熟羅、羅布、織布、洋布、棉布、花布、十字布、土布、夏布、薯莨布．波羅麻、波羅絹、絨、羽絨、什絨、呢、嗶嘰、佛蘭絨、綉花、抽紗、車綫、綫轆、冷綫、絲綫、麻綫、大攢、草繩、棕繩、繩串、繩索、綁住、打結、生結、死結、皮鞋根，帽戴一頂帽、草帽、軟草帽、硬草帽、通帽、毡帽、呦帽、大禮帽、常禮帽、竹拆帽、銅鼓帽、帽頂、帽襻、揭帽●

衫、着衫、除衫、對胸、大襟、（單）（夾）長衫、夾袍、棉袍、皮袍、狐皮、胎羔，貂鼠、皮板、褪毛、吊皮、馬褂、背心、夾衲、棉衲、緊身、汗衫、（汗撻）

有的所謂摩登嘅女人，日日打扮得一隻雀咁靚，五顏六色．搽脂盪粉，焫攣毛，高踭鞋，隨儦施派，衣服忽然濶，忽然窄、高領、矮領、冇領、長袖，短袖，開胸，卸膊，時時唔同，有時週身花朵，有時週身纏絪，一年改幾囘花樣，另外絲巾、香水、首飾、鞋襪、樣樣都要十足趨時，終日研究曲綫美、謂戀愛、引到的自作多情嘅薵仔、失魂落魄、日夜做跟班：當觀音兵，不過希望拍拖，努力密運噉樣行爲，係要求解放獨立嘅唔係呢●

裙。旗袍。竺衫。（綫衫）冷衫。（羊毛衫）褲。馬褲。套褲。短褲。西裝。反領。企領。硬領。領帶。大褸。衫領。衫襟。衫袖。袖口。衫脚。衫衩●袋。雨衣。褲頭。褲浪。褲脚。襪、襪筒。鞋踭。鞋面、鞋底。樹膠底。屐板。撻踭鞋。拖鞋。衫鈕。

結鈕。鈕門。扣鈕。解開衫鈕。手襪。衫裡。羅漢裡。兜肚。

着衣服唔論布草又好，絲法又好，皮草又好，呢絨又好，總要乾淨光鮮，有的汚糟，就卽時換嚟洗，有的巢，就要撳熨斗熨過，有的爛，就卽刻補番好，着完就摺埋丟好，的太靚嘅，太時興嘅，係的亞官仔着嘅啫，唔係的老實人着嘅。

我前幾日。去個間裁縫舖。想做一套衫褲。去到個處。睇見個事頭。同埋的伙記。都好唔得閒。有的揸住把較剪裁緊衫。有的揸針綫。聯開衫。埋低(便)重有兩架車。有兩個人車緊野。我就叫個師傅。同我量身。佢同我度好一個度。開出嚟俾我睇。我見腰夾太窄橫浪掂浪。又濶過頭。太古老咯。唔時興咯。就叫佢改過下至做。重落曉兩個幾銀錢定俾佢。大概聽日後日就起嘞

床、大床、獨睡床、床板、橋櫈・行床、拆床、床拼、貴妃床、羅漢床、坑床、帆布床、轆架床、鋪蓋、蚊帳、毡、被、褥、棉胎、被單、(裏)珠被、鵝絨被、冚被、蓆、竹蓆、草蓆、籐席、枕頭、軟枕、枕頭套、床簷、床圍、檯、八仙檯、四仙檯、長檯、半卓檯、圓檯、雲石檯，公事檯、餐檯，梳頭檯、麻雀檯・椅、籐椅、斗平、(馬平)櫈仔、公座椅、花旗椅、酸枝檯椅、檯圍、椅搭、(椅披)椅墊、福州

漆傢私，洋裝傢私，柚木傢私、五桶櫃、大櫃，櫃桶，熨櫃桶，夾萬，皮喼，籐喼，皮櫃，木槓，槓衣，槓架，手巾架，衫架，面盆架，哏口盅，洋磁面盆、腳盆、痰罐（盂）、茶儿、坑儿、一把摺扇、扇柄、葵扇、油紙扇，撥扇、一把洋遮、雨遮、担遮、開遮、鞭竿、一堂門簾、竹簾、木桶，水桶。瓦煲。銅煲，鑊，鑊蓋。鑊鏟。鑊耳。鑊撈。火燂煤。菜刀。切菜。砧板。筷子、箸筒，紗㕹。碗。豉碟。油碟。邊爐（火鍋），匙羹，鉢頭。風爐。火水，（酒）爐，爐額，柴炭，甕缸，水壳，飯壳，火鉗，灶，烟通。埕，罌，罐。玻璃樽，搦（尖）番樽，樽枳，（樽揼）酒鑽。筲箕，窩籃，罉頭。花瓶。（樽）花盤。

整飲食用嘅野，（傢伙）要時時省乾淨，因爲的鐵野唸生銹，銅野唸生銅綠，木器瓦器瓷器，唔省得耐，的辣撻野積埋，就會牛㵸，砧板重利害，一下唔刮得乾淨，就有一陣臭隨嘅，食左落肚，重有危險添嗜。

首飾。（裝飾品）耳環。戒指，金鈪，玉鈪。耳挖，牙簽。金鍊，真金，鍍金，鑲金，容金，珍珠，火鑽、（鑽石）紅（藍）寶石，珊瑚，翡翠，琥珀，玳瑁，胭脂，搽粉，戴花，梳辮，鏡，茶油，香梘，番梘，梳打，牙粉，爽身粉，香水，花露水，手巾仔，毛巾，牙刷，扭手巾，銀包，荷包。

金(鋼)(銀)鏢，開面，蠔面。(鏢)鏢墜，鬧鐘，時辰鐘，坐鐘，壁鐘，上鍊，斷鍊，抹油。桌燈，吊燈，電燈，煤汽燈，大光燈，燈筒，燈罩，燈胆、一枝燈、(一盞燈)電燈掣。

軍火、搜軍火、槍砲、砲台、高射砲。刺刀、指揮刀、劍。剃頭刀、砲碼、子彈，炸彈、手榴彈、火葯、藥引、撞針。飛機、軍裝、徽章、戰鬥艦、航空母艦、無畏艦、潛水艇・把(揸)鈦、羅盆、大旗、旗杆、桅杆、拋錨、起錨、扯𢃇、搖櫓・扒船、撑船、舢舨、單車(脚踏車)、車輪、車篷、犂耙、鋤頭、鐵剷、石磨、鐮刀、簑衣、舂坎。碓、牛欄、馬房、猪陸、鷄籠、馬韁、馬鞍、馬鞭、馬鈴、鋸、斧頭、鑿、鐵鉗、箍嘴鉗、刨、墨斗、圓規、機剪、斬刀、屐釘鎚、鐵鎚、一口(眼)釘、一口(眼)針、錐、釣魚鈎。螺絲釘。螺絲拔。鎖、鎖匙、鎖鍊、扭匙、銅較、担杆、竹升、盤秤、秤鉈、秤鈎、天平、鐵網。(鉛)鐵綫、馬口鐵(窩澤)、予口、銲口、銅釺、錫釺。印字機。執字粒。銅版、版權、翻版、算盤、數簿、租簿、收賬、結賬、上數、埋數，招牌、街招、告白(廣告)、櫃圍、舖面、燈籠。上舖・舖底。召頂。頂手・倒造(倒賬)罷市。開張、落定、交價。寫契、典當、贖番、交易、印花稅、商標(嘜頭)、金融。

我想影幾幅相，一幅係八寸嘅團體相，大概二卅人度，影完就同我影一幅六寸全身相，一幅四寸半身嘅，共埋要幾多銀呢，如果晒得多就平的，晒得少就貴的，相底嘅價錢，係一定嘅，八寸五個銀錢，六寸個六，四寸八毫，咪紙貴的，晒紙又平的，隨你中意係喇。

光陰，放大，炭相，手鏡，配景，個個好似，快鏡，鏡架，影相館。

大門、正門。鐵閘。橫門。後門。門撑。(門閂)檔中。圍牆、屏門。天花板。板障．天井。大廳。客廳。單間過。兩便過。三過深、騎樓。樓上。三層樓。樓陣。天台。角落頭。門扇底。瓦背。(瓦面)執漏。通坑渠。晒棚。闌干。樓梯。石級。門𨶱。踹門𨶱。簷篷。瓦篷。瓦簷(簷口)水槽。廁所(屎坑)。洗身房。

師姑庵。和尚寺。道觀．廟。祠堂。學宮。衙門。城門。監倉(獄)。客棧。酒店．寄宿舍。貨倉．俱樂部。戲院。戲檯．牌坊。番塔．老舉寨。酒樓。茶居．街。巷。橫街。直街。掘頭巷。市頭。(街市)搭棚。拆棚。戰壕．禮拜堂．操場．造幣廠。織造廠．自來水喉。水鏢。花基。石柱。地基。打樁。紅毛坭。灰沙．青磚。堦磚。舂坭牆。砌磚牆。灑(掃)灰水。掃把．垃圾簍。烟袋。紙條。茶壺。茶杯。茶杯盌 焗盅。焗盅蓋。茶船。酒壺．暖水壺．水壺胆。

文具、書、紙、筆、墨、墨硯、墨盒、一刀紙、筆升、筆塌筒、筆嘴、字格、法帖，字簿、新聞紙(報帋)、小說、雜誌、週刊，一部(套)書、篆書、隸書、草書、楷書、行書、名片、(咭片)教科書、圖章、石印、水晶印、雕印、陰(陽)紋、印色、說事簿、日記、月份牌、日曆．古董、字畫、裱字畫、題欵、中堂、壽屏、着棋、圍棋、象棋、棋盤、棋子．鑼．鐽、鈴鈴、紘索、琵琶、銲、洋琴、風琴、鋼線琴、彈琴、揼琴、踹琴、唱歌●做戲、鑼鼓戲、一齣戲、白話戲、睇戲、影戲、喇叭、銅鼓、大鼓●鼓槌、軍樂、吹簫、吹笛、跳舞、遊戲、踢燕、踢球(打波)、放帋鷂●

「散話」十分爲一寸，十寸爲一尺，十尺爲一丈，一匹布有三丈幾長●十錢爲一両，十六両爲一斤，一百斤爲一担，十二両爲一磅，三英尺爲一碼，十二件一打●　呢隻布好噤着嘅，着到爛都唔變(轉)(甩)色嘅●　關(閂)(摔)(掩)埋度門●　呢張櫈斜嘅，搵的野墊平佢喇●　枝燈咁暗嘅●扭高，(猛)的喇，把刀好鈍　要磨番利，至切得野咯，批鉛筆都唔得呀●　屋頂的樑杉係打橫嘅　桁桷係揸嘅●　兩條繩駁埋，就箍得個窩樹過咯●　呢個罐嘅子口好鬆嘅，唔兗得冚嘅●　佢尋日去買野，打爛人一塊玻璃，收尾賠番幾毫子●　呢隻布好幼細，又唔縮水，嗰隻粗的疏的薄削的，但係價錢都差有限啫●一幅畫好好地，俾佢撕爛左●

（八）動植物類

一年四季，時時都有生菓，一樣過造，第樣又新出嘞，交通便嘅地方，重有第處運嚟嘅，春季有桃、李、枇杷、杧菓、酸梅、楊梅、柘榴，番柘榴。夏天有荔枝、西瓜、黃皮、菠蘿、菱角。秋天有海棠果、菩提子、萍果、沙梨、桑麻柚、楊桃、紅柿、水柿、龍眼、香芽蕉、鼓槌蕉。冬天有柑、橙、金橘、檸檬、桔、雪梨、風栗、番鬼荔枝、蔗。重有乾果、係合桃、杏仁、蓮子、柿餅、紅棗、白果、瓜子之類、花生、白欖、馬蹄、檳榔、椰子。就一年都有嘅，各樣生菓，食皮嘅又有，食肉嘅又有，食佢粒核共仁都有嘅。

牡丹、梅花、桂花、蘭花、菊花、葵花、水仙、吊鐘，芙蓉，荷花（蓮花）、蓮蓬，蓮藕，蓮梗，玫瑰，白蘭，茉莉，夜香，玉簪，月季，雞冠花，花蕾，青苔，野草，一朵花，一枝花，花瓣，種花、淋花、摘花、雙托、單托。

前幾年一場風災，都嘅嘵好多瓜菜呀，所有冬瓜、番瓜、王瓜、矮瓜、（茄）番茄、苦瓜、絲瓜、葫蘆瓜、木瓜，蘿蔔、芥菜、芥蘭（心）菠菜、塘蒿、莧菜、白菜（心）黃芽白、韮菜、生菜、甕菜、荷蘭豆、豆角、芫茜、葱、蒜、蒜頭、洋葱頭、番薯、芋頭、一的都浸淸。收尾好耐至種得番，的大豆細豆芽菜，係摵黃豆綠豆浸嘅，一頭浸一頭賣，就唔㗎得幾多喇。

松樹，竹樹，竹筍，竹篾，竹笪，竹籬，竹篙，梧桐，榕樹，棕樹，剌桐，扁柏，桑樹，木棉，棉花，夾竹桃，樵樹，柳樹，垂絲柳，杉樹，一條樹，樹根，(樹蔃)樹枝，樹葉，橫枒。

睇見的耕田佬，一年到晚，都冇乜抖(休息)滯嘅，正月過後，都手使牛犂田嘞、耙田嘞、跟住撒種蒔秧，到夏天，又搵草，車水(戽水)落肥料，冇耐又收割，扤禾磨穀舂米，至有錢賺，唔歇得一陣，又要打算種晚造咯，種瓜菜嘅，就成日要扭住把鋤頭鋤(掘)地，總之搵食唔係自在係喇。

早造，晚造，禾秧，穀，舂粉，粘米粉，糯米粉，麥粉，麵粉，高粱粟，粟米，米糠，薏米，紅豆，綠豆，糴米，平糶，禾稈，躝籐。

我遊過一間動物園，裏便唔知幾多畜牲，所有水牛、黃牛、綿羊、草羊、駱駝、驢、馬、猪、狗、貓、老鼠、臊鼠、鷄、鴨、鵝、鴛鴦、白鴿，一的都係各處獵下收買出嚟嘅，至到了哥、鸚鵡、麻雀、燕子、鵪鶉、白鶴、雁鵝、鷓鴣、水鴨、烏鴉、麻鷹、飛鼠(蝠鼠)、通係俾籠困住，或係整個竇佢蹜，個的至惡至大力嘅，獅子，金錢豹，老虎，熊人，象，犀牛，豺狼。至精嘅，狐狸，馬騮，鹿，兎，樣樣都齊，重有好多唔識名嘅添呀。

禽獸，（鳥獸）一隻雀，雞公，雞乸，雞啼，哺雞仔，雞蛋，雞鵝鴨、（扶翅）、雞項，綫雞，生雞，雞冠，雞翼，閹猪，牛（羊）雜，劏牛，牛骨，牛皮膠，牛角，肥猪肉，瘦肉，狗吠，癲狗咬䞋，象皮，象牙。

海鮮，魚，魚鱗，魚腮，魚骨䯊，鱸魚，黃花魚，石斑，大魚，竉魚，烏魚，鱗魚，鱔，鯉魚，撻沙魚，左口魚，塘虱魚，醃鹹魚，金魚，鱺魚，鯨魚，鯊魚。蝦、龍蝦。蟹、蟹膏、蟹鉗、蟹蓋，蟹爪，蟹掩，蟹殼，田鮭，（蛤乸）蝻蟝，田螺，田螺虫，響螺，蚌，蠔，蠔豉，水魚（脚魚）。龜，鼈，魚翅，太蛇，水蛇，毒蛇，蛇翅，尸蚶，蜆，蜞蜞，蜞乸。

虫、虫蛀、蚊、沙虫。烏蠅、蠅虎。蟻、白（黑）蟻、黃絲蟻。由甲。禽勞、禽勞絲網。鹽蛇。蜘蛛、蜘蛛結網。狗虱、木虱、虱乸。黃（蜜）蜂。沙蟬。蝴蝶。百足。竹節、龍虱。蠄蟧。燈蛾。蠶虫、蠶繭。塘尾。黃犬。水蟻。微生物、黴菌。螢火。

「散話」呢隻狗好惡㗎，見親生步人就吠，看門口頂好，見倒主人，又會擰頭擺尾。　羊係好馴嘅，猪係好笨嘅。　有隻雞乸，伏係的蛋處，哺緊雞仔。 呢朵花謝咯，的葉都殘咯，上下結菓咯，個朵亞起首有花蕾。 我想摘枝花嚟插花瓶，又摘幾朵嚟擺碟。 食完的蔗渣，共烟頭瓜子殼，唔好亂擗(掉)(咏)呀，佢有幾千銀，俾人騎曉留王馬，氣到眼凸凹，鬧佢𪖐唔佳。 呢幅地好瘦㗎，種乜野都唔生嘅，的米糠係摵嚟餵猪嘅，冬菇蘑菇，係漚出嚟嘅。

(九)雜名詞類有「　」嘅係特別名詞

佢失左幾毫子，喺處好「揞尋」「思疑」個伙頭、賴佢偷左，個伙頭又唔「份氣」，喺處好「巴閉」，話人「寃枉」佢，叫佢攞憑據，重要「誓願」添。 啲處的警察眞「腐敗」嘞，不知幾多土匪，佢都唔打理嘅。 呢個人好「本事」㗎，做事好「麻俐」嘅，啲個就「拉儡」的。 佢呢陣，越老越「糊塗」，呢排更加「懵懂」添。 「交帶」(吩咐)佢咪嘈，佢偏要嘈，好似「鬥氣」噉，眞「可惡」嘞，近來有的後生仔，週身「荒唐」，(白霍)，(沙塵)。 隻狗呢兩日好「吽豆」，成日扒處唔㷫，唔知係有病唔係。

要同個舖客，「交涉」擺番間屋，佢一味唔肯搬，眞費事嘞，冇乜法子呢。
有兩個咕哩，隨街打交，俾個巡警「干涉」佢。
個間學校起「風潮」，要罷課，因爲學生「抵制」教員嗰。
落水救人，冇來好危險，但都有人肯「冒險」做嘅。
有間公司，俾人「假冒」佢的商標嘜頭，琴晚「漏夜」嚟搵我。
呢個人賭錢好唔「公道」嘅，淨係「奸賴」詭人。
佢好精嘅，冇「着數」至做嘅唄，唔肯「舌底」嘅，做的多野，又慌「上當」咯。
呢間舖頭，「完全」係佢自己生意，冇外股「股份」。
個度橋好「兒嬉」呀，好聲(子細)行至好呀。
佢捧住盤滾水，微微滿嘅，炕到佢捧唔穩，「倒瀉」大半。
佢兩個太早「交情」好密嘅，後來大家鬧意見，就漸漸冇嘥「感情」咯。
個幅公仔，幾「趣緻」(得意)呀。
嗰頭有個人「掛臘鴨」，成條脷凸出嚟，好「肉酸」呀，個的人話佢賭輸錢，想詐死「圖賴」，誰知弄假成眞。
咪「怕醜」喇，唔便拘嘅，佢唔係怕醜，慌「丟架」啫。

我見「均是」都趕唔到咯，就「索性」番轉頭喇。
做公衆事，大衆齊心，就梗「勝利」，唔係就會「失敗」嘞。
佢近來好唔掂，時時都好「閉翳」，佢「詐諦」嘅啫，有人見佢唔知幾潤。
近來好多人自殺、有的「失戀」嘅、因「密運」失敗喇、有的受經濟「壓廹」嘅。
因不景氣影響喇，總之唔係好現象咯。
個對對「調轉頭」掛，佢都唔知到，同佢調番正喇。
兩隻船一齊開身「一拍」行，好似鬥快嘅。
我尋日「專登」(特登)去拜候你，想「拜託」你一件野，誰知又「摸門釘」。
我好冇「耐性」㗎，如果等得耐，我就「情願」扯先唔等咯。
你哋寶號，一年「拉扯」，(平均)做幾多銀生意度呢。
我前日「參觀」一間學校，睇見各樣野都好「齊整」的學生又極好規矩，聽見話成績都唔錯喎。
你「畀佢」擇一件喇，唔使揀咯。
的貨差唔多賣完咯，要「陸續」付嚟至得咯。
個班細佬哥，成日反得「爐咁嘈」，眞「頑皮」(百厭)嘞，重好唔聽話添。

有個乞兒，「監硬」乞錢，「只管」趕佢，佢「仍然」唔肯扯。

個隻皇后船，專走太平洋嘅，裏便撮「陳設」得好「架勢」。

呢個人做事好「秘密」嘅，「不留」都係咁嘅脾氣咯。

我「漏落」一把遮喺佢處，「收尾」唔見左，「先該」搵佢擠埋好。

「相對名詞」高低、高矮、上下、大細、長短、濶窄、肥瘦、好醜、(壞)生死、生熟、軟硬、乾濕、明暗、老嫩、香臭、凹扁、涵鬆、虛實、疏密、快慢、深淺、新舊、裏外、(內外)、粗幼、窮(貧)富、貴賤、有冇、利弊、強弱、平貴、厚薄、親疏、飽餓、冷暖、涼熱、眞假、鹹淡、稀結、多少、尖掘、先後、前後、遲早、寬緊、輕重、凹凸、利鈍、精呆、遠近、難易、橫掂、曲直、公私、順逆、淸濁、輸贏、尊卑、動靜、吉凶、禍福、盛衰、斷續、邪正、優劣、勝敗、善惡、文武、古今、雙單、正副、是否、喜怒、哀樂、旺淡、聽舌。

笑話故事

狗救主人

近來因爲地方唔平靖。的賊公非常利害。打刼拉參。有日有嘅。省城有個人

「喺永漢路擺地攤賣洋貨嘅。佢係順德人。滴吓時候。搭渡番鄉下拜山。行到半路。遇着賊刧。重俾的賊捉左去。俾個布袋笠住佢個頭。拉到去唔知乜野地方。俾間空屋困住佢。使兩個賊看住。要佢三百銀贖。叫佢寫封信番屋企。佢自己知到。屋企靠佢出嚟賺錢養家嘅。去邊處搵幾百銀呢。自己以爲一定冇命個咯。誰不知佢養隻狗。睇見佢俾的賊捉住個陣。走起嚟跟住佢。見倒的賊又會搖頭擺尾。的賊見佢咁得意。就由得佢跟番賊竇。過嘵十零日。的賊又出去做世界嘞。剩番一個老大公。看住呢個人。重喺處瞌眼瞓添。隻狗忽然喺窗口跳入房裏頭。見倒佢主人。十分親熱。俾個口搵下個條鎖鍊。又咬下佢把鎖。又走去門口企一陣番轉頭又對住佢唔唔聲。佢主人就會佢意。知到佢想叫佢走嘞。就話。你睇把鎖鎖住。又冇鎖匙。點樣走得吖。隻狗聽見噉話。卽刻又跳番出去。冇耐跳入嚟。個口担住條鎖匙。遞俾主人。呢個主人攞嚟試下。果然開得。就將幾條鎖鍊都解嗻　個陣隻狗帶佢去開門。靜靜走出去。去左冇遠。個看更嘅賊知到嘞。卽刻就追嚟。上下追到嘞。隻狗忽然發惡起嚟。撲上去一啖咬落個賊隻腳處　咬到佢血淋淋。痛到抵唔住。噉就唔追得佢。然後隻狗帶路。主人跟住後便。走到去一條村處。至問路搭船番省城。見着人人都話。多得隻狗。救佢條命。有人聽見佢話隻狗咁好。想出一百銀同佢買。佢話。唔講一百銀。就係二三百銀。我都唔捨得賣。呢隻狗係救我嘅恩人嚟咯

盲老千

有個盲佬、搭船落鄉、個日天時好冷，佢又冇帶棉被、冷到佢縮埋一堆、知到旁邊一個人、有張被冇餘、就走去𠱓佢借嚟衾住一晚、等埋頭俾番、呢個人見佢凍得咁淒凉、就借左俾佢、點知個盲佬得倒被衾又起貪心，想過橋抽板、到半夜時候、人人瞓嘥、靜靜將四隻被角擘開、揼出占卦個幾個錢，一隻角攝一文入去、照舊整番好、到天光埋頭、人人執野上岸、佢重衾住被瞓覺、呢個人就𠵱醒佢、問佢攞番張被、佢個陣重搓搓下對眼、倒轉問人，你攞乜野被唄、邊張被係你嚟、你瞓唔醒咩、呢個人見佢噉話、就發惡鬧佢、話攞你衾緊呢張被囉、呢張被係你尋晚𠱓我借嘅、人人都知見嘅咯、你想詐諦圖賴咩、快的俾番嚟呀、個盲佬一味唔睬、重話佢欺盲佬，你一句、我一句、就嘈起嚟、的旁邊人睇見個盲佬太唔公道、想埋沒人張被、就叫呢個人同佢上區喇、去到警區、個區長見兩個人爭一張被、就話、如果係你哋自

已嘅被，總冇記認、邊個話得對、就係邊個嘅係喇、呢個人聽見，就搶住講先，話我張被係點色嘅、乜野被面、乜野被單、一的講唯出嚟、講完、論到個盲佬話：我係盲嘅乜野材料、我都唔知、點色我又唔見、我恍有人冒認．就將四個乾隆錢、攝喺四隻被角裏、請你拆開睇下就知嘞．個區長就當堂拆開，果然照個盲老嘅話，就搣張被斷俾個盲老，呢個人白白唔見左張被，重要俾人鬧佢貪心，想欺負盲公，呢的叫做好心唔得好報嘞。

烏蠅同狗虱

提起烏蠅同狗虱。邊個唔討厭呢。因爲狗虱噲咬人。又噲傳染鼠疫。捉又難捉。一跳都唔知跳到邊處去咯。烏蠅傳染霍亂。講起人人都面青。各處不歇發起驅蠅滅蠅運動。宜得將佢收拾唯至安樂。街上擺賣嘅食物。都要搣罩罩住。都係防備烏蠅之嗎。點知近來呢兩樣野都行運耗嚟嘑。美國有個醫生。發明用烏蠅蟲嚟醫外科病。重話成績幾好添。卽係將的烏蠅蟲放入瘡口裏頭。等佢將的膿血腐肉食晒。個瘡就漸漸會好囉喎。不過呢的烏蠅蟲係經過好幾次消毒至用嘅。所以烏蠅蟲都賣到幾個仙一條呢。講到狗虱呢。好多人都見過有人教佢做戲喇。開檯嘅時候。一齣一嚡做出嚟。最奇怪係佢噲聽人嘅命令呀。世界上至害人嘅物件。都能夠利用佢帮助人類。科學進步。眞不可思議咯。故此話人爲萬物之靈。呢句話係冇錯嘅。一個人如果冇的用處。就係自暴自棄。連條蟲都趕唔上咯。

兩女爭死夫

來往汕頭揭陽嘅火船仔。我眼見就沉過兩回咯。都係因搭客太多撞板嘅。一回係民國四年年尾。由汕頭開身去揭陽。離岸唔夠幾丈。一調轉頭就沉。死嘵三四百人。呢回重利害。由揭陽嚟汕頭。啱匕係五月節後兩日。的人過完節番汕頭。搭客多到極。行到半海就沉咯。死左差唔多五百人。的善堂喺碼頭搭棚收屍。男嘅女嘅大人細蚊仔。擺滿一地。等的家屬嚟認。內中有個後生仔。手上帶住幾隻金戒指。重未有人認。忽然有個女人走去掛號。要領嗰個死屍。話係佢嘅老公。一面喊得好淒凉。的辦事人就話。你想領屍。要有舖頭給圖章担保至合手續嚟。點知佢又搵唔倒担保。又一定要領。啱匕嘈緊。有兩個婆乸又嚟嘞一個老一個嫩。又對住嗰個屍嚟喊。一個喊仔。一個喊老公。個陣的看屍嘅人。見得咁特別。以爲死屍點會有人爭嘅呢。就問先嚟個女人話。呢個死屍。怕唔係你老公嚟。怕你認錯嘞。你再去搵眞下喇。

個女人重咬實話係。的人冇法。就話。係哋三個人。都要認呢個屍。佢又唔會出聲。但係如果係係哋自己人。佢喺揭陽出嚟。身上重有的乜野。或係銀紙。或係物件。係哋總知。如果邊個話得對。就由邊個領就係喇。倘辟先嚟個女人話。佢身上有十個銀錢。跛尾嚟兩個女人話。佢身上有一百銀銀紙。分做兩份。一份五十文。入喺兩隻襪裏頭嘅。後來除開一睇。果然照佢兩個女人嘅話。就自然由佢哋領去喇。呢個女人重唔捨得扯。喺處行來行去。到入殮嘅時候。見個死屍手上嘅戒指。少曉一隻。就即刻嘈起嚟。當堂就搜身「喘喘又係個女人身上抄番出嚟。至知佢係貪心幾隻戒指嚟冒認老公嘅。

廣州背語畧

有寶、拉坭、甩鬚、咪丁、第九、索油、勾脂粉、電燈胆、大光燈、二世祖、豆腐刀、竹織鴨、石灰籮、淘古井、賣剩蔗、盲公竹、大坭磚、大碌藕、挽油瓶，放白鴿、戴高帽、白鴿眼、荷蘭水樽、牛皮燈籠、十月芥菜、神檯貓屎、亞蘭賣猪、靑磚沙梨、棺材由甲、木匠担枷、紙扎下爬、紙扎老虎、杉木靈牌、潮州花瓶、坭水佬開門口、銅銀買爛茄、壽星公吊頸、生蟲拐杖、禾稈衾珍珠、王先生醫眼、膝頭哥繳眼淚、跪倒餵猪乸、老鼠跌落天平、泥菩薩揹人過海，門扇底燒炮仗、床下底放帋鷂、吹烏燈籠買火把。

百家姓同音字表（凡有（　）者係俗字）

趙召（嚼）
錢前廛纏
孫宣酸蓀痠飱朘
李里鯉悝俚娌纚履理
周鄒週州洲舟諏陬譸啁賙
吳吾唔蜈梧
鄭
王皇黃遑惶凰篁簧隍湟鍠磺潢徨
馮逢縫
陳塵
褚處柱
衞爲胃謂惠蕙位慧渭蝟
蔣掌長獎槳

沈審嬸
韓寒鼾
楊羊陽瘍錫攘佯揚洋徉禳颺
朱諸猪珠跦株洙潴侏銖茱蛛邾硃
秦巡旬循螓
尤由油游遊魷酋猶猷柔疣猶 攸悠蝣
郵遒
許詡栩去
何荷河
呂屢磊壘蕾儡侶旅（裏）
施司屍私思緦 絲斯撕師蓍尸廝詩獅
張章蟑獐漳樟璋 將漿槳彰
孔恐

曹嘈漕槽螬徂殂
巖嫌鹽炎閻
華驊樺划
金今疳甘泔柑
魏僞藝囈毅羿
陶桃圖徒嵞塗途涂洮濤淘燾咷檮荼
　屠綯啕萄
姜羌薑僵殭韁蟯
戚斥敕叱
榭謝
鄒(見前)
喻遇豫預寓諭御禦裕愈飫煦礜馭
柏拍珀(泊)
水
竇豆逗讀痘

章(見前)
雲魂暈匀芸云餛蕓鈞耘
蘇穌酥鬚甦臊騷搔繰
潘番
葛割
奚兮蹊騱
范飯範犯瓣
彭棚澎膨鵬硼
郎狼廊瑯榔稂
魯老鹵櫓潦虜滷
韋爲惟闈違遺維桅幃闈
昌倡娼窗槍閶猖
馬碼螞瑪嗎
苗瞄描
鳳奉

花
方荒芳慌肓枋坊謊
俞余于魚餘予榆渝窬逾踰漁濡儒萸
臾如茹蕠禺隅虞愚輿歟瑜愉腴娛
楡訣
任淫霪含鐔壬
袁完元沅園員圓鉛沿緣原源猿芫黿
鳶櫞懸丸轅玄
挪綹傻𨒟纔
豐風封楓蜂烽瘋丰葑酆
鮑爆
史使死屎
唐塘糖堂鎕螗蹚瞠棠膛
費廢肺沸芾
賁痺臂秘泌比庇

廉鐮簾濂奩帘
岑芩涔
薛屑洩舌燮竊紲褻
雷擂纍嫘驢閭羸
賀荷
倪危巍猊霓
湯鏜（劏）
滕騰籐謄
殷因湮闉姻欣恩茵甄
羅籮鑼蘿螺騾
畢不筆蹕嗶篳（擇）
郝確榷涸珏壑慤
鄔塢
安鞍
常嚐裳徜嫦償

常祥長腸塲萇牆穡嬙廧戕翔詳薔
樂顎咢蕚噩鱷鍔岳嶽鷽
爍落雁洛
于（見前）
時鰣匙
傅付附腐父鮒負訃赴輔仆賻駙袝
皮陴疲貌毗枇琵裨脾鼙
卞辨汴忭弁便
齊蠐
康糠匡筐腔銎恇劻
伍五午忤迕仵
余（見前）
元（見前）
卜
顧故固僱雇錮痼

孟
平苹評屏萍瓶枰駢坪胼
黃（見前）
和禾
穆木目繆苜沐牧睦
簫蕭銷消綃硝燒逍宵瀟蛸
尹允蘊慍
姚饒堯蕘遙瑤搖謠窰徭猺
卲紹兆肇
湛椹咎
汪
祈其祁奇旗蘄琦蜞歧岐琪祺淇騏期
棋圻耆碁祇頎俟
毛模無氂謨旄巫蕪摹毋誣廡
禹雨語齬汝乳與宇羽圉傴

狄敵滴荻逖翟
米（咪）
貝輩背狽
明名銘冥螟蓂鳴
臧莊裝粧樁
計繼薊髻
伏服復菔茯洑袱
成誠繩蠅城乘丞承
戴帶
餤譚痰潭澹
宋送（餸）
茅矛蝥
龐旁滂厖螃傍
熊紅渹虹洪雄讐
紀己幾杞

紓書輸紓
屈鬱尉蔚
項巷
祝竹捉足粥燭竺胸築囑
董踵懂
粱良量涼粱糧
杜道盜度渡鍍導蠹悼妬稻蹈
阮院宛菀苑
藍籃婪嵐
閔憫抿刎吻愍汶敏鱉抆
席直偵寂籍耤蹵夕汐矽植殖穸塡
季貴桂鱖淮癸瑰隗
痳痳（嫲）
強
賈假

路露潞鷺輅路
婁劉留流硫旒樓騮榴瀏螻鎏瑠摝
危(見前)
江岡剛綱罡肛缸
童同筒潼桐銅憧峒佟僮曈彤
顏(研)
郭國幗蟈槨
梅霉脢枚玫煤媒
盛乘剩
林臨淋霖琳
刁丟雕凋貂
鍾中宗忠鐘椶終螽春盅踪縱
徐除滁隋隨搥鎚陲唷
邱憂休鬏貅優嚘羑咻庥幽
駱絡烙咯恪貉犖

高膏篙羔糕皐槔
夏下暇廈
蓉榮鑾饔
田畋塡闐鈿(滇)
樊煩藩燔礬繁凡帆梵
胡壺狐糊葫瑚湖瓜餬醐蝴葫
凌陵菱靈零鈴鴒蛉伶苓玲聆泠舲棱
綾淩囹翎瓴楞
霍藿矐钁攫
虞(見前)
萬慢曼蔓幔漫謾
支枝之知芝脂吱肢茲磁資嵫 咨諮趦
錙淄姿蜘穧巵梔
柯痾阿珂
咎(見前)

管館綰莞
盧廬爐勞蘆嫪濾壚鱸牢轤顱醪
莫幕漠瞙膜
經京驚涇矜荊兢
房防妨肪魴鈁
裘求毬逑球鏐俅
繆茂謬懋
干乾竿杆肝玕
解
應
應鷹英瑛嬰鸚嚶櫻攖
崇（見前）
丁吁汀釘
宣（見前）
賁奔賓濱檳繽彬豳邠

鄧
郁沃毓（嘟）
單善鄯擅羨繕膳贍倩
單丹簞
杭降行航
洪（見前）
包鮑苞胞飽
諸（見前）
左阻（咀）
石碩
崔催摧吹趨縗榱
吉桔（割）
鈕紐扭
龔恭共公供蚣宮工攻功躬弓芎
程呈裎埕情澄徵瀓晴

㮷稽溪谿
邢形刑型蠅迎營螢凝瀛贏塋瑩仍礽
　縈盈楹
滑猾
裴培陪賠徘
陸六鹿戮錄綠菉祿簶(熝)
榮
翁雍癰邕
荀詢洵逡恂皴峋郇
羊(見前)
於迂紆竽
惠(見前)
甌(見前)
麴菊鞠掬穀谷鵠旭梏嚳鞫轂
家加嘉枷笳伽迦袈傢

封(見前)
芮銳汭蚋裔蕊蕋睿
羿(見前)
儲廚躕躇櫥殊
靳艮覲鄞懃
汲級吸給岌伋笈
邴丙炳秉
靡眉楣微薇縻糜嵋湄
松蟲從叢重
井
段緞斷
富庫褲辱副咐賦
巫(見前)
烏嗚污圬惡
焦蕉招嘲椒噍礁

巴疤笆爸吧
弓(見前)
牧(見前)
隗(見前)
山珊刪芟閂潛姍跚
谷(見前)
車奢
侯猴喉餱篌
宓(見前)
蓬篷
全銓痊存傳泉荃詮筌
郗希稀熙欺唏羲犧曦禧嬉僖蟢絺嘻
班斑癍瘢
仰養癢
秋抽啾鍫鶖偢鰍鞦楸揪

仲頌重訟從
伊衣依禕醫噫漪
宮(見前)
甯佞(檸)
甯檸嚀獰
仇綢紬讐籌稠惆酬囚泅疇躊儔
欒鸞鑾聯灤
暴捕哺步埗部簿蔀
甘(見前)
斜抖
厲邐荔勵例礪儷癘蠣
戎絨融容溶蓉鎔茸庸鏞墉慵傭榕狨
(濃)
祖早棗藻組澡俎蚤
武鵡母姆舞侮嫵憮(冇)

符苻平扶芙夫鳧

劉(見前)

景境竟憬璟警儆

詹占尖粘沾瞻鮎苫譫

束速促齪嗇薔

龍聾籠礱櫳瓏嚨矓隆癃

葉業頁鄴

幸倖荇杏行悻

司(見前)

韶苕髫軺

郜告誥

黎尼泥坭藜呢

薊(見前)

薄雹泊

卬

宿縮叔粟蓿夙倏肅

白蔔

懷槐淮

蒲葡匍莆菩袍浦(浮)

邰台臺檯苔

從(見前)

鄂(見前)

索

躝鹹函涵銜

籍(見前)

賴籟

卓倬雀綽灼焯芍捽鵲戳

藺吝論躪紊

屠(見前)

蒙朦濛檬艨

池遲辭詞祠持慈磁甆馳踟艾糍鶿薺
墀黐柿匙篪蚔
喬蕎橋僑翹
陰音歆欽鑫
鬱（見前）
胥諝衰須需綏糈
能
蒼倉瘡滄傖艙
雙商相湘霜傷襄鑲勷箱驤廂瓖緗殤
觴孀
聞文紋閩民岷緡雯蚊珉
莘辛申呻薪新身伸紳侁燊
黨擋
翟澤摘鏑擇擲謫宅躑責擢簀
譚（見前）

貢供
勞（見前）
邊（見前）
姬飢幾几機基羈璣乩肌箕奇譏期蟣
申（見前）
扶（見前）
堵賭倒島擣睹楮搗
冉染儼苒㢘
宰載
酈歷嚦礫瀝
雍（見前）
郤隙虩綌
蘧璩渠瞿蕖磲鸜氍劬衢癯
桑喪嗓
桂（見前）

分類通行廣州話

濮僕
牛
壽受綬授狩售
通蓪恫
邊鞭籩緶鯿辮
扈護戶滬芋怙祜互
燕烟煙焉嫣鷰鄢胭
燕演撻偃弦郾衍兗
燕宴彥諺唁
冀驥企暨
郟夾甲莢蛺
浦甫普譜脯溥
尙上
農膿濃儂
溫氳暈瘟輼

別鼈
莊(見前)
晏
柴儕犲豺
瞿(見前)
閣(見前)
充聰葱怱驄衝冲忡涌
慕暮墓冒務霧鶩帽耄戊募瑁
連憐蓮漣
茄(見前)
習闒鈒雜集
宦豢患幻
艾刈乂
魚(見前)
容(見前)

向嚮
古鼓詁估賈罟轂鈷牯股碬蝦瞽
易亦翼弋役疫翌翊逆奕液腋繹譯驛
懌
愼腎蜃縝
戈撾
廖料蓼
瘦（見前）
紗（見前）
盤（見前）
居車裾琚
衡村桁恒珩
步（見前）
都刀闍
耿梗骾硬

滿
弘宏泓
匡（見前）
國（見前）
文（見前）
寇蔻扣叩臼彀廐
廣桄
祿（見前）
闕決訣缺玦厥抉蕨獗闋
東冬咚鼕
歐區勾鉤摳謳鷗緱
殳薯殊
沃（見前）
利痢俐吏蒞莉（脷）
蔚畏尉喂慰餵

越月樾鉞刖穴粵乙悅閱
夔葵攜馗哇騤
隆（見前）
師（見前）
鞏拱珙
庫舍瀉赦卸
聶蘖孽揑涅
晁潮嘲樵譙憔
勾（見前）
敖獒鰲嗷鼇熬翶
融（見前）
冷
訾嵯蚩嗤媸鴟癡蚩褫髭差疵（雌）
辛（見前）
闞撼憾瞰〔山〕

那挪哪儺
簡揀梘柬鐧繭
饒（見前）
空凶兇胸匈洶崆
曾增僧憎罾爭睜繒箏錚猙
毌罐貫灌鸛觀冠
沙砂紗裟鯊
乜（咩）（孭）
養（見前）
鞠（見前）
須（見前）
豐（見前）
巢（見前）
關鰥
蒯枴

相
查揸渣喳
査茶搽槎瘥
後候后逅厚堠
荆(見前)
紆(見前)
游(見前)
竺(見前)
權拳顴蜷
遂(見前)
蓋盍合盒闔
蓋慨漑概丐
益憶億臆抑
桓爰援猨垣
公(見前)

方墨默癦脈麥
俟(見前)
司(見前)
馬(見前)
上(見前)
官棺倌觀冠
歐(見前)
陽(見前)
夏(見前)
侯(見前)
諸(見前)
葛(見前)
聞問
人仁寅夤
東(見前)

方
赫克黑刻尅
連(見前)
皇(見前)
甫苦虎府腑斧釜俯父撫琥滸拊簠
尉(見前)
遲(見前)
公(見前)
羊(見前)
澹(見前)
臺(見前)
公(見前)
冶野惹
宗(見前)
政正症證証

濮(見前)
陽(見前)
湻醇純脣馴
于(見前)
單(見前)
于(見前)
太泰汰態貸
叔(見前)
申(見前)
屠(見前)
公(見前)
孫(見前)
仲(見前)
孫(見前)
軒牽騫愆

轅(見前)
令另
狐(見前)
鍾(見前)
離籬梨罹鸝驪漓璃蠡黎羅
宇(見前)
文(見前)
長(見前)
孫(見前)
慕(見前)
容(見前)
鮮仙筅搧
于(見前)
閭(見前)
丘(見前)

司(見前)
徒(見前)
司(見前)
空(見前)
行(見前)
官(見前)
司(見前)
寇(見前)
仇(見前)
督篤
子紙趾指址止紫姉梓旨只第祇芷沚
祉咫滓
車(見前)
顓專磚尊鑽
孫(見前)

端
木(見前)
巫(見前)
馬(見前)
公(見前)
西犀樨茜嘶篩
漆七柒
雕(見前)
樂(見前)
正(見前)
壤釀讓㩳漾恙煬
駟四肆試泗弒嗜思使
公(見前)
良(見前)
拓托託籜柝

拔跋紱魃茀茇祓弼
夾(見前)
谷(見前)
宰(見前)
父(見前)
穀(見前)
粱(見前)
晉進縉俊駿浚峻餕雋
楚(見前)
纖(見前)
法髮發
汝(見前)
鄢(見前)
涂(見前)
欽(見前)

段（見前）
千（見前）
百伯
里（見前）
東（見前）
郭（見前）
南楠喃[illegible]蚺男
門瞞們懣
呼夫伕膚孚俘桴敷趺枯鄜孵郛
延涎言然焉賢蜒弦絃筵挻妍研舷燃
歸圭龜珪皈閨
海凱愷鎧塏醢
羊（見前）
舌（見前）
徵（見前）

牛（見前）
岳（見前）
帥碎歲稅說
閣（見前）
亢抗（坑）
況纊鑛曠壙鄺
后（見前）
有友酉誘莠牖
梁（見前）
丘（見前）
左（見前）
丘（見前）
東（見前）
門（見前）
西（見前）

門(見前)
啇(見前)
牟謀繆侔眸
佘蛇
佴耐內柰奈
伯(見前)
戕想
南(見前)
宮(見前)
黿(見前)
哈嘏蝦(歎)
謙(見前)
笪鐽韃
乍(見前)
嬰孆

陽(見前)
佟(見前)
第弟逮隸遞悌棣埭杖
五(見前)
言(見前)
福覆幅蝠腹馥輻
百(見前)
家(見前)
姓性勝聖
續遂族簇俗濁軸躅

（廣州九聲）

上平　上上　上去　上入

中入

下平　下上　下去　下入

廣州九聲舉例

凡〇係有聲無字

雙想相〇 （一）削 嘗上尙〇	登等櫈得 （二）〇 〇〇鄧特	鴉啞（亞）阨 （三）鈪 牙雅迓額
闇掩厭〇 （四）（醃） 鹽染餤葉	邊扁變必 （五）鱉 〇〇便別	潘拚判〇 （六）潑 盤〇〇〇
溫穩（困）屈 （七）〇 雲尹運（核）	冤阮怨〇 （八）噦 元遠願月	風俸諷福 （九）〇 逢〇奉服
康（亢）（烘）〇 （十）壳 杭〇巷學	金錦禁急 （十一）蛤 〇〇（㩒）及	星醒姓昔 （十二）錫 成〇盛食

分類通行
廣州話

（分類通行廣州話）

附百家姓同音字表

全書一冊實價　　元

編著者：番禺譚季強

校正者：番禺譚季強

出版者：番禺譚季強

教授者：

書名：分類通行廣州話（一九二五）
系列：心一堂　粵語・粵文化經典文庫
原著：譚季強
主編・責任編輯：陳劍聰

出版：心一堂有限公司
通訊地址：香港九龍旺角彌敦道六一〇號荷李活商業中心十八樓〇五一〇六室
深港讀者服務中心：中國深圳市羅湖區立新路六號羅湖商業大厦負一層〇〇八室
電話號碼：(852) 67150840
網址：publish.sunyata.cc
淘宝店地址：https://shop210782774.taobao.com
微店地址：　https://weidian.com/s/1212826297
臉書：　　　https://www.facebook.com/sunyatabook
讀者論壇：　http://bbs.sunyata.cc

香港發行：香港聯合書刊物流有限公司
地址：香港新界大埔汀麗路36號中華商務印刷大廈3樓
電話號碼：(852) 2150-2100
傳真號碼：(852) 2407-3062
電郵：info@suplogistics.com.hk

台灣發行：秀威資訊科技股份有限公司
地址：台灣台北市內湖區瑞光路七十六巷六十五號一樓
電話號碼：+886-2-2796-3638
傳真號碼：+886-2-2796-1377
網絡書店：www.bodbooks.com.tw
心一堂台灣國家書店讀者服務中心：
地址：台灣台北市中山區松江路二〇九號1樓
電話號碼：+886-2-2518-0207
傳真號碼：+886-2-2518-0778
網址：http://www.govbooks.com.tw

中國大陸發行　零售：深圳心一堂文化傳播有限公司
深圳地址：深圳市羅湖區立新路六號羅湖商業大厦負一層008室
電話號碼：(86)0755-82224934

版次：二零一九年一月初版，平裝

定價：港幣　　六十八元正
　　　新台幣　兩百九十八正

國際書號 ISBN 978-988-8582-32-7